Der Misogyn

Gotthold Ephraim Lessing

Herausgeber: Culturea (34, Hérault)
Druck: BOD - In de Tarpen 42, Norderstedt (Deutschland)
Website: http://culturea.fr
Kontakt: infos@culturea.fr
ISBN:9791041949151
Veröffentlichungsdatum: FEBRUAR 2023
Layout und Design: https://reedsy.com/
Dieses Buch wurde mit der Schriftart Bauer Bodoni gesetzt.

ER WIRT MIR GEBEN

Ein Lustspiel in drei Aufzügen

Personen.

Wumshäter.

Laura, dessen Tochter.

Valer, dessen Sohn.

Hilaria, in Mannskleidern; unter dem Namen Lelio.

Solbist, ein Advokat.

Leander, der Laura Liebhaber.

Lisette.

Erster Aufzug

Erster Auftritt

Wumshäter. Lisette.

WUMSHÄTER. Wo finde ich nun den Schurken? Johann! Johann! Die verdammten Weiber! Die Weiber haben mich zum Prozeß gebracht, und der wird mich noch vor der Zeit ins Grab bringen. Wer weiß, weswegen Herr Solbist zu mir kommen will! Ich kann es kaum erwarten. Wo wir nur nicht wieder eine schlechte Sentenz bekommen haben! Johann! Hätte ich mich doch lieber dreimal gehangen, als dreimal verheiratet! Johann! hörst du nicht?

LISETTE *kommend.* Was befehlen Sie?

WUMSHÄTER. Was willst du? ruft ich dich?

LISETTE. Johann ist ausgegangen; was soll er? kann ich es nicht verrichten?

WUMSHÄTER. Ich mag von dir nicht bedient sein. Wie vielmal habe ich dir es nicht schon gesagt, daß du mir den Verdruß, dich zu sehen, ersparen sollst? Bleib, wohin du gehörst; in der Küche, und bei der Tochter Johann!

LISETTE. Sie hören es ja; er ist nicht da.

WUMSHÄTER. Wer heißt ihn denn ausgehen, gleich da ich ihn brauche? –Johann!

LISETTE. Johann! Johann! Johann!

WUMSHÄTER. Nun? was schreist du?

LISETTE. Ihr Rufen allein, wird er nicht drei Gassen weit hören.

WUMSHÄTER. Pfui, über das Weibsstück!

LISETTE. Das steht mir an! Vor Kröten speit man aus, und nicht vor Menschen.

WUMSHÄTER. Nun ja! Sobald du und deines gleichen sich unter die Menschen rechnen, so bald bekomme ich Lust, mich mit dein Himmel zu zanken, daß er mich zu einem gemacht hat.

LISETTE. So zanken Sie! Vielleicht bereuet er es so schon, daß er nicht einen Klotz aus Ihnen gemacht hat.

WUMSHÄTER. Geh mir aus den Augen!

LISETTE. Wie Sie befehlen.

WUMSHÄTER. Wirds bald? oder soll ich gehn?

LISETTE. Ich werde die Ehre haben, Ihnen zu folgen.

WUMSHÄTER. Ich möchte rasend werden.

LISETTE *bei Seite.* Unsinnig ist er schon.

WUMSHÄTER. Ist Herr Solbist, mein Advokat, noch nicht da gewesen?

LISETTE. Johann wird es Ihnen wohl sagen.

WUMSHÄTER. Ist mein Sohn ausgegangen?

LISETTE. Fragen Sie nur Ihren Johann.

WUMSHÄTER. Ist das eine Antwort auf meine Frage? Ob Herr Solbist noch nicht hier gewesen ist? will ich wissen.

LISETTE. Sie mögen ja von mir nicht bedient sein.

WUMSHÄTER. Antworte, sag ich.

LISETTE. Ich gehöre in die Küche.

WUMSHÄTER. Bleib, und antworte erst!

LISETTE. Ich habe nur mit Ihrer Tochter zu tun.

WUMSHÄTER. Du sollst antworten! Ist Herr Solbist

LISETTE. Ich will Ihnen den Verdruß ersparen, mich zu sehen. *Geht ab.*

Zweiter Auftritt

Wumshäter. Valer.

WUMSHÄTER. Welch Geschöpf! Ich will auch heute noch alles Weibsvolk aus meinem Hause schaffen; selbst meine Tochter. Sie mag sehen, wo sie bleibt Gut, gut, mein Sohn, daß du kömmst; ich habe eben nach dir gefragt.

VALER. Wie glücklich wär ich, wenn ich glauben dürfte, daß Sie meinen Bitten hätten wollen zuvor kommen. Darf ich mir schmeicheln, die so oft gesuchte Einwilligung endlich von Ihnen zu erhalten?

WUMSHÄTER. O! du fängst wieder von der verdrüßlichen Sache an. Kränke doch deinen alten Vater nicht so, der dich bis jetzt für den einzigen Trost seines Alters gehalten hat. Es ist ja noch Zeit.

VALER. Nein, es ist nicht länger Zeit, liebster Vater. Ich habe heute Briefe bekommen, welche mich nötigen, auf das eheste wieder zurück zu reisen.

WUMSHÄTER. Je nun, so reise in Gottes Namen; nur folge mir darin; heirate nicht. Ich habe dich zu lieb, als daß ich zu deinem Unglück Ja sagen sollte.

VALER. Zu meinem Unglücke? Wie verschieden müssen wir über Glück und Unglück denken! Ich werde es für mein größtes Unglück halten, wenn ich eine Person länger entbehren muß, die mir das Schätzbarste in der Welt ist. Und Sie

WUMSHÄTER. Und ich werde es für dein äußerstes Unglück halten, wenn ich dich deiner blinden Neigung folgen sehe. Ein Weibsbild für das Schätzbarste auf der Welt zu halten? Ein Weibsbild! Doch der Mangel der Erfahrung entschuldigt dich. Höre; hältst du mich für einen treuen Vater?

VALER. Es sollte mir leid sein, wenn Ihnen hiervon nicht mein Gehorsam

WUMSHÄTER. Du hast Recht, dich auf deinen Gehorsam zu berufen. Allein hat es dich auch jemals gereuet, wenn du mir gehorsam gewesen bist?

VALER. Bis jetzt noch nie; aber

WUMSHÄTER. Aber du fürchtest, es werde dich gereuen, wenn du mir auch hierin folgen wolltest; nicht wahr? Doch wenn es an dem ist, daß ich dein treuer Vater bin; wenn es an dem ist, daß ich mit meiner väterlichen Zuneigung, Einsicht und Erfahrung verbinde: so ist deine Furcht sehr unbillig. Man glaubt einem Unglücklichen, den Sturm und Wellen an das Ufer geworfen, wenn er uns die Schrecken des Schiffbruchs erzählt; und wer klug ist, lernt aus seiner Erzählung, wie wenig dem ungetreuen Wasser zu trauen. Alles, was so ein Unglücklicher auf der See erfahren hat, habe ich in meinem dreimaligen Ehestand erfahren; und gleichwohl willst du nicht durch meinen Schaden klug werden? Ich war in deinen Jahren eben so feurig, eben so unbedachtsam. Ich sah ein Mädchen mit roten Backen, ich sah es; und beschloß meine Frau daraus zu machen. Sie war arm

VALER. O Herr Vater, verschonen Sie mich mit der nochmaligen Erzählung Ihrer Geschichte. Ich habe sie schon so oft gehört

WUMSHÄTER. Und du hast dich noch nicht daraus gebessert? Sie war arm, und ich besaß auch nicht viel. Nun stelle dir einmal vor, was ein angehender Handelsmann, wie ich dazumal war, für Kummer, Sorge und Plage hat, wenn er mit leeren Händen anfängt.

VALER. Meine Braut aber ist ja nichts weniger, als arm.

WUMSHÄTER. Höre nur zu! Zu meinen Anverwandten durfte ich bei meinen mühseligen Umständen keine Zuflucht nehmen. Warum? sie hatten mir vorgeschlagen, eine alte reiche Witwe zu heiraten, wodurch mir in meiner Handlung auf einmal wäre geholfen gewesen. Ich stieß sie also vor den Kopf, da ich mich in ein schönes Gesicht vergaffte, und lieber glücklich lieben, als glücklich leben wollte.

VALER. Aber bei meiner Heirat kann dieses

WUMSHÄTER. Geduld! Was dabei das Schlimmste war, so liebte ich sie so blind, daß ich allen möglichen Aufwand ihrentwegen machte. Ihr übermäßiger Staat brachte mich in unzählige Schulden

VALER. Versparen Sie nur jetzt, Herr Vater, diese überflüssige Erzählung, und sagen Sie mir kurz, ob ich hoffen darf

WUMSHÄTER. Ich erzähle es ja bloß zu deinem Besten. Glaubst du, daß ich mich aus den vielen Schulden hätte herausreißen können, wenn der Himmel nicht so gütig gewesen wäre, mir, nach Jahres Frist, die Ursache meines Verderbens zu nehmen? Sie starb, und sie haue kaum die Augen zugetan, als mir die meinigen aufgingen. Wo ich hinsah, war ich schuldig. Und bedenke, in was für eine Raserei ich geriet, da ich nach ihrem Tode ihre verfluchte Untreue erfuhr. Meine Schulden fingen an, mich zweimal heftiger zu drücken, als ich sah, daß ich sie einer Nichtswürdigen zu Liebe, einer verdammten Heuchlerin zu gefallen, gemacht hatte. Und bist du sicher, mein Sohn, daß es dir nicht auch so gehen werde?

VALER. Dieserwegen kann ich so sicher sein, als überzeugt ich von der Liebe meiner Hilaria bin. Ihre Seele ist viel zu edel; ihr Herz viel zu aufrichtig

WUMSHÄTER. Nun, nun, ich mag keine Lobrede auf eine Sirene hören, die ihre häßlichen Schuppen so klug unter dem Wasser zu halten weiß. Wenn du nicht mein Sohn wärst, so würde ich über deine Einfalt herzlich lachen. In der Tat, du hast einen sehr glücklichen Ansatz zu einem guten Manne! Eine edle Seele, ein aufrichtiges Herz, in einem weiblichen Körper! Und wie du gar sagst: in einem schönen weiblichen Körper! Doch das kömmt endlich auf eins heraus: schön oder häßlich. Die Schöne findet ihre Liebhaber, und die Räuber deiner Ehre überall; und die Häßliche suchet sie überall. Was kannst du mir hierauf antworten?

VALER. Zweierlei. Entweder es ist so gewiß nicht, daß alle Frauenzimmer von gleicher Untreue sind; und in diesem Falle bin ich versichert, daß meine Hilaria mit unter der Ausnahme ist: oder es ist gewiß, daß eine getreue Frau nur ein Wesen der Einbildung ist, das niemals war, und niemals sein wird; und in diesem Falle muß ich so gut, als jedermann

WUMSHÄTER. O pfui, pfui! schäme dich, schäme dich! Doch du scherzest.

VALER. In der Tat nicht! Ist eine Frau ein unstreitiges Übel, so ist sie auch ein notwendiges Übel.

WUMSHÄTER. Ja, das unsere Torheit notwendig macht. Aber wie gern wollte ich töricht gewesen sein, wenn du es nur dadurch weniger sein könntest! Vielleicht wäre es auch möglich, wenn du meine Zufälle recht überlegen wolltest. Höre nur! Als meine erste Frau also tot war, versucht ich es mit einer reichen und schon etwas betagten

Dritter Auftritt

Lelio. Die Vorigen.

VALER. Kommen Sie, Lelio, kommen Sie; helfen Sie mir meinen Vater erbitten, daß er meinem Glücke nicht länger hinderlich ist.

WUMSHÄTER. Kommen Sie, Herr Lelio, kommen Sie! Mein Sohn hat wieder seinen Anfall von Heiraten bekommen. Helfen Sie mir ihn doch zu rechte bringen.

LELIO. O! so schämen Sie sich einmal, Valer, und machen der Vernunft Platz. Sie haben es ja oft genug von Ihrem Herrn Vater gehört, daß das Heiraten eine lächerliche und unsinnige Handlung ist. Ich dächte. Sie sollten einmal überzeugt sein. Einem Manne, der es mit drei Weibern versucht hat, kann man es doch wohl endlich glauben, daß die Weiber insgesamt insgesamt Weiber sind.

VALER. Sind Sie so auf meiner Seite? Ihre Schwester wird Ihnen sehr verbunden sein.

LELIO. Ich bin mehr auf Ihrer Seite, als Sie glauben: und meine Schwester würde selbst nicht anders reden, wenn sie zugegen wäre.

WUMSHÄTER. Ja, das sollte ich auch meinen. Denn wenn es wahr ist, daß die Frauenzimmer noch so etwas, der Vernunft Ähnliches, besitzen, so müssen sie notwendig von ihrer eignen Abscheulichkeit überzeugt sein. Sie ist so sonnenklar; und nur du kannst sie nicht sehen, weil dir die Liebe die Augen zuhält.

LELIO. O, mein Herr, Sie reden, wie die Vernunft selbst. Sie haben mich in der kurzen Zeit, die ich bei Ihnen bin, ganz bekehrt. Das Frauenzimmer war mir auch sonst nicht allzugleichgültig. Aber jetzt ja, ich sollte Ihr Sohn sein, mein Herr Wumshäter; ich wollte das Geschlecht der Weiberfeinde vortrefflich fortpflanzen! Meine Söhne sollten alle so werden, wie ich!

VALER. Das laß ich gelten. Solche Weiberfeinde würden doch wenigstens die Welt nicht aussterben lassen.

LELIO. Das wäre auch albern genug. So müßten ja auch die Weiberfeinde mit aussterben? Nein, nein, Valer, auf die Erhaltung so vorzüglicher Menschen muß man, so viel als möglich bedacht sein. Nicht wahr?

WUMSHÄTER. Das ist schon einigermaßen wahr. Doch aber sähe ich lieber, wenn mein Sohn andere darauf bedacht sein ließe. Ich weiß gewiß, man wird seinen Beitrag nicht vermissen. Warum soll er sich, einer Ungewissen Nachkommenschaft wegen, ein unglückliches Leben machen? Und dazu ist es eine sehr schlechte Freude, Kinder zu haben, wenn man so viel Angst mit ihnen haben muß, als ich. Du siehst, mein Sohn, wie ich mir deine Umstände zu Herzen nehme. Vergilt mir doch durch deinen Gehorsam den Verdruß, den mir deine Mutter gemacht hat.

LELIO. Das muß wohl eine sehr böse Frau gewesen sein?

WUMSHÄTER. Wie sie alle sind, mein lieber Lelio. Habe ich Ihnen meinen Lebenslauf noch nicht erzahlt? Er ist erbärmlich anzuhören.

VALER. O, verschonen Sie ihn damit. Er hat ihn schon mehr als zehnmal müssen hören.

LELIO. Ich, Valer? Sie irren sich. Erzählen Sie ihn nur, Herr Wumshäter; ich bitte. Ich weiß gewiß, ich werde vieles zu meiner Lehre daraus nehmen können.

WUMSHÄTER. Das gefällt mir. O, mein Sohn, wenn du auch so gesinnt wärst! Nun so hören Sie Ich habe drei Weiber gehabt.

LELIO. Drei Weiber?

VALER. Wissen Sie das noch nicht?

LELIO *zu Valeren.* O, so schweigen Sie! Drei Weiber! Sie müssen also einen rechten Schatz der mannigfaltigsten Erfahrung besitzen. Nur wundre ich mich, wie Sie Ihre Weiberfeindschaft gleichwohl dreimal so glücklich haben besiegen können.

WUMSHÄTER. Von selbst wird man auf einmal nicht klug. Hätte ich aber einen Vater gehabt, wie mein Sohn an mir hat; einen Vater, der mich mit seinem Beispiele von dem Rande des Verderbens hätte abhalten können Gewiß, mein Sohn, du verdienest so einen Vater nicht!

LELIO. O, sagen Sie mir doch vor allen Dingen, welche von Ihren drei bösen Weibern, war Valerens Mutter? war es wohl noch die Beste?

WUMSHÄTER. Die Beste?

LELIO. Von den Schlimmen, meine ich.

WUMSHÄTER. Die Beste von den Schlimmen? die Schlimmste, lieber Lelio, die Allerschlimmste!

LELIO. Ei! so hatte sie wohl gar nichts von Ihrem Sohne? O, die ausgeartete Mutter!

VALER. Warum wollen Sie mich quälen, Lelio? Ich liebe meinen Vater, allein ich habe auch meine Mutter geliebt. Mein Herz wird zerrissen, wenn er sie noch im Grabe nicht ruhen läßt.

WUMSHÄTER. Mein Sohn, wenn du es so nimmst, gut, gut! Ich will es Ihnen hernach erzählen, Herr Lelio, wenn wir allein sind. Man kann sichs unmöglich einbilden, wie eigensinnig, wie zänkisch

VALER. Sie wollen es ihm erzählen, wenn Sie allein sind? Ich muß also gehen.

WUMSHÄTER. Nun, nun, bleib nur da. Ich will gern nichts mehr sagen. Hätte ich es doch nicht geglaubt, daß man so gar eingenommen für eine Mutter sein könne. Mutter hin, Mutter her; sie bleibt darum doch eine Frauensperson, deren Fehler man verabscheuen muß, wenn man sich ihrer nicht mit schuldig machen will. Doch gut Wieder auf deine Heirat zu kommen, du versprichst mir es also, nicht zu heiraten?

VALER. Wie kann ich dieses versprechen? Gesetzt, ich könnte die Neigung unterdrücken, die mich jetzt beherrscht, so würden mich doch meine häuslichen Umstände nötigen, mir eine Gehülfin zu suchen.

WUMSHÄTER. O! wenn es nur eine Gehülfin in deinen häuslichen Geschäften sein soll, so weiß ich guten Rat. Höre, nimm deine Schwester mit dir. Sie ist geschickt genug, deinem Hause vorzustehen, und ich werde auf diese Art eine Last los, die mir längst unerträglich geworden ist.

VALER. Soll ich meiner Schwester an ihrem Glücke hinderlich sein?

WUMSHÄTER. Du bist wunderlich! An was für einem Glücke kannst du ihr hinderlich sein? Man wird sich um sie nicht reißen; und du magst sie mitnehmen oder nicht, sie wird doch keine Heirat finden, die mir, oder ihr anständig wäre. Denn daß ich einen ehrlichen rechtschaffnen Mann mit ihr betriegen sollte, das geschieht nimmermehr. Ich mag keinen Menschen unglücklich machen, geschweige einen, den ich hochschätzte. Einen nichtswürdigen und schlechten Mann aber, dem ich sie noch am liebsten gönnen würde, zu nehmen, dazu ist sie selbst zu stolz.

LELIO. Aber, mein Herr Wumshäter, bedenken Sie denn nicht, daß es für mich höchst gefährlich sein würde, wenn Valer seine Schwester mit sich nehmen sollte? Die Weiberfeindschaft hat in meinem Herzen noch nicht allzutiefe Wurzeln geschlagen. Laura ist munter und schön, und was das Vornehmste ist, sie ist die Tochter eines Weiberfeinds, den ich mir in allem zur Nachahmung vorgestellt habe. Wie leicht könnte es nicht kommen, daß ich sie, ich will nicht sagen, heiratete; denn das möchte noch der geringste Schaden sein; sondern daß ich sie gar der Himmel wende das Unglück ab! daß ich sie gar liebte. Alsdenn gute Nacht, Weiberfeindschaft! Und vielleicht käme ich, nach vielem Unglücke, in Ihrem Alter kaum, wieder zu mir selbst.

WUMSHÄTER. Behüte der Himmel, daß das daraus entstehen sollte! Doch trauen Sie sich mehr zu, Herr Lelio; Sie sind zu vernünftig. Wie gesagt, mein Sohn, du kannst dich darauf verlassen: deine Schwester soll mit dir; sie muß mit dir. Ich will gleich gehen, und es ihr sagen. *Er geht ab.*

Vierter Auftritt

Lelio. Valer.

VALER. Liebste Hilaria, was soll ich noch anfangen? Sie sehen

LELIO. Ich sehe, daß Sie zu ungeduldig sind, Valer

VALER. Zu ungeduldig? Sind wir nicht schon acht Tage hier? Warum war ich nicht leichtsinnig genug, mich um die Einwilligung meines Vaters nicht zu bekümmern? Warum mußte Hilaria für die Schwachheit seines mürrischen Alters so viel Gefälligkeit haben? Der Einfall, den Sie hatten, sich in der Verkleidung einer Mannsperson, unter dem Namen Ihres Bruders, seine Gewogenheit vorher zu erwerben, war der sinnreichste von der Welt, der uns am geschwindesten zu unserm Zwecke zu führen versprach. Und doch will er zu nichts helfen.

LELIO. Sagen Sie das nicht; denn ich glaube, unsre Sache ist auf einem sehr gutem Wege. Habe ich, als Lelio, seine Freundschaft, und sein ganzes Vertrauen nicht weg?

VALER. Und dieses ohne Wunderwerke. Sie stellen sich ihm ja in allem gleich.

LELIO. Muß ich es denn nicht tun?

VALER. Aber nicht so ernstlich. Anstatt, daß Sie ihn von seinem eigensinnigen Wahne abbringen sollten, bestätigen Sie ihn darin. Das kann unmöglich gut gehen! Noch eins, liebste Hilaria: gegen meine Schwester treiben Sie gleichfalls die Maskerade viel zu weit.

LELIO. Es wird aber doch immer ein Schattenspiel bleiben! Und so bald sie erfährt, wer ich bin, so ist alles wieder in seinem Gleise.

VALER. Wenn sie es nicht zu spät erfährt. Ich weiß wohl, da Sie als Mannsperson hier erschienen, durften Sie sich nicht entbrechen, ihr einige Schmeicheleien zu sagen. Aber Sie hätten diese Schmeicheleien so frostig, als möglich, sagen sollen; ohne einen ernsthaft scheinenden Anschlag auf ihr Herz zu machen. Jetzt ist mein Vater ihr anzudeuten gegangen, daß sie mit uns reisen soll. Denken Sie an mich, das wird, mit dem Sprüchworte zu reden, Wasser auf ihre Mühle sein. Für uns zwar kann freilich damit nichts verdorben werden; aber für einen andern desto mehr.

LELIO. Ich weiß, was Sie sagen wollen. Leander

VALER. Leander hat schon lange Zeit in dem besten Vernehmen mit ihr gestanden; und nur der Prozeß, in welchen er mit unserm Vater verwickelt ist, hat ihn, durch die Furcht einer schimpflich abschläglichen Antwort, abgehalten, um ihre Hand zu bitten. Endlich aber hat es der dienstfertige Herr Solbist auf sich genommen, ihn wegen dieser Furcht in Sicherheit zu setzen. Er will selbst der Brautwerber sein, und die Wendung, die er seinem Ansuchen geben will, wäre die törichste von der Welt, wenn er nicht mit einem Manne zu tun hätte, dessen Torheit sich nicht anders, als mit Torheit bestreiten läßt.

LELIO. Eine artige Umschreibung Ihres Vaters!

VALER. Es geht mir nahe genug, daß ich hierin nicht anders von ihm denken kann! Haben Sie nur die Gütigkeit, schönste Hilaria, und lenken ein wenig ein. Führen Sie sich gleichgültiger gegen meine Schwester auf, damit Leander Sie nicht als einen Nebenbuhler ansehen darf, der ihm Schaden tut, ohne selbst am Ende den über ihn erlangten Vorteil brauchen zu können. Auch meinen Vater müssen Sie mehr für diejenige Person, die Sie sind, als für die, welche Sie zu sein scheinen, einzunehmen suchen. Sie müssen anfangen, seinen Grillen zu widersprechen, und ihn durch die Macht, die Sie über ihn erlangt haben, wenigstens dahin bringen, daß er Hilarien für die einzige ihres Geschlechts hält, die von seinem Hasse ausgenommen zu werden verdient. Sie müssen

LELIO. Sie müssen nicht immer sagen: Sie müssen Mein guter Valer, Sie versprechen, ein ziemlich gebietrischer Ehemann zu werden. Gönnen Sie mir doch immer die Lust, die angefangene Rolle, nach meinem Gutdünken, auszuspielen.

VALER. Wenn ich nur sähe, daß Sie an das Ausspielen dächten. So aber denken Sie nur an das Fortspielen, verwickeln den Knoten immer mehr und mehr, und endlich werden Sie ihn so verwickelt haben, daß er gar nicht wieder aufzuwickeln ist.

LELIO. Nun wohl; wenn er nicht wieder aufzuwickeln ist, so machen wir es, wie die schlechten Komödienschreiber, und zerreißen ihn.

VALER. Und werden ausgezischt, wie die schlechten Komödienschreiber.

LELIO. Immerhin!

VALER. Wie martern Sie mich mit dieser Gleichgültigkeit, Hilaria!

LELIO. Das war zu ernsthaft, Valer! Ich bin im Grunde so gleichgültig nicht; und Sie davon zu überzeugen: gut! so will ich noch heute einen Schritt in unserm Plane tun, den ich nicht genug vorbereiten zu können, geglaubt habe. Wir wollen die Hilaria erscheinen lassen, und versuchen, was sie für Glück in ihrer wahren Gestalt haben wird.

VALER. Sie entzücken mich! Ja, liebste Hilaria, wir können nicht genug eilen, unser Schicksal zu erfahren. Hilft es nichts, so haben wir doch alles getan, was in unsern Kräften steht; und ich werde es endlich über mein Gewissen bringen können, einem wunderlichen Vater die Stirne zu bieten. Ich muß Sie besitzen, es koste, was es wolle. Wie glücklich werde ich sein, wenn ich mich öffentlich dieser Hand werde rühmen können *Indem er die Hand küßt.*

Fünfter Auftritt

Wumshäter. Die Vorigen.

WUMSHÄTER *welcher Valeren die Hand der Hilaria küssen sieht.* Ei! ei! mein Sohn, tust du doch mit dem Bruder deiner Braut, als ob es die Braut selber wäre. Sieh, wie du zusammenfährst!

LELIO. Er vergißt sich oft, der gute Valer Aber wissen Sie, woher es kömmt?

WUMSHÄTER. Das kann ich nicht wissen In Parenthesi, mein Sohn, es ist richtig; deine Schwester will mit dir reisen. Sie war mit meinem Vorschlage zufriedener, als ich glaubte. Aber nun, Herr Lelio, woher kömmt es denn, was Sie sagen wollten?

LELIO *sachte zum Valer.* Geben Sie Acht, Valer; jetzt wird sich unser Anschlag einleiten lassen.

WUMSHÄTER. Sagen Sie doch, Lelio, was meinten Sie denn?

LELIO. Sie ertappten den hitzigen Valer in einer Entzückung, die für eine männliche Freundschaft ein wenig zu zärtlich ist. Sie wunderten sich, und glaubten, er müßte mich für meine Schwester ansehen. Wie durchdringend ist Ihr Verstand, mein Herr Wumshäter. Getroffen! dafür sieht er mich auch wirklich, in der Trunkenheit seiner Leidenschaft, nicht selten an. Allein dieses Quid pro quo ist ihm zu vergeben; weil es unmöglich ist, daß zwei Tropfen Wasser einander ähnlicher sein sollten, als ich und meine Schwester einander sind. So oft er mich daher scharf ins Gesicht fasset, glaubt er auch sie zu sehen, und kann sich nicht enthalten, mir einige der ehrfurchtsvollen Liebkosungen zu erzeigen, die er ihr zu erzeigen gewohnt ist.

WUMSHÄTER. Wie abgeschmackt!

LELIO. Nicht wenige seines Gelichters, sind noch weit abgeschmackter. Ich kenne einen gewissen Lidio, welcher mit einem verwelkten Blumenstrauße, den seine Gebieterin vor

Jahr und Tag an dem Busen getragen, nicht anders umgeht, als ob es seine Gebieterin selbst wäre. Er spricht ganze Tage mit ihm, er küßt ihn, er fällt vor ihm nieder

WUMSHÄTER. Und ist noch nicht ins Tollhaus gebracht? Mein Sohn, mein Sohn, werde doch ja durch fremden Schaden klug, und steure der Liebe, so lange ihr noch zu steuren ist. Bedenke doch nur, mit einem Blumenstrauße zu sprechen; vor ihm nieder zu fallen! Können die Wirkungen von dem Bisse eines rasenden Hundes wohl erschrecklicher sein?

LELIO. Gewiß nicht. Aber wieder auf meine Schwester zu kommen

WUMSHÄTER. Die Ihnen so ähnlich sein soll? Wie ähnlich wird sie Ihnen nun wohl sein? Man wird ohngefähr erkennen können, daß Sie beide aus einer Familie sind.

LELIO. Kleinigkeit! Unsere Eltern selbst, konnten uns in der Kindheit nicht unterscheiden, wenn wir aus Mutwillen die Kleider vertauscht hatten.

VALER. Und nun bedenken Sie einmal, liebster Herr Vater; wenn es wahr ist, was Sie oft selbst gesagt haben, daß schon aus dem Äußerlichen des Herrn Lelio, aus seiner Gesichtsbildung, aus seinen Mienen, aus dem bescheidenen Feuer seiner Augen, aus seinem Gange, der innere Wert seiner Seele, sein Verstand, seine Tugend, und alle die Eigenschaften, die Sie an ihm schätzen, zu schließen wären; bedenken Sie einmal, sage ich, ob man bei seiner liebenswürdigen Schwester aus eben dem Äußerlichen, aus eben der Gesichtsbildung, aus eben den Mienen, aus eben den Augen, aus eben dem Gange, einen andern Schluß zu machen habe? Gewiß nicht.

WUMSHÄTER. Gewiß ja! Damit du mich aber nicht zwingen kannst, dir dieses weitläuftig zu beweisen, so darf ich es nur platterdings für unmöglich erklären, daß seine Schwester ihm so ähnlich sehen kann, als ihr sagt.

LELIO. Beweisen Sie ihm ja lieber jenes, Herr Wumshäter, als daß Sie dieses leugnen sollten, denn Sie möchten sonst, vielleicht noch heute, durch den Augenschein eingetrieben werden.

WUMSHÄTER. Wie so durch den Augenschein?

LELIO. Hat es Ihnen Valer noch nicht gesagt, daß er meine Schwester heut erwartet?

WUMSHÄTER. Wie? sie will selbst kommen? Aller Hochachtung unbeschadet, Herr Lelio, die ich gegen Sie hege, muß ich Ihnen doch frei bekennen, daß ich nicht ein Bißchen begierig bin, Ihr weibliches Ebenbild kennen zu lernen.

VALER. Und eben, weil ich dieses wußte, Herr Vater, habe ich Ihnen noch bis jetzt von ihrer Ankunft nichts sagen wollen. Ich will aber doch hoffen, daß ich das Vergnügen haben darf, sie Ihnen vorzustellen?

WUMSHÄTER. Wenn du nur nicht verlangst, daß ich ihr, als meiner künftigen Schwiegertochter begegnen soll.

VALER. Aber als der Schwester des Lelio werden Sie ihr doch begegnen?

WUMSHÄTER. Nach dem ich sie finde. Nun, was willst du, Laura?

Sechster Auftritt

Laura. Die Vorigen.

LAURA. Ihnen nochmals danken, liebster Herr Vater, daß Sie so gütig sein wollen, mich meinem Bruder mit zu geben.

WUMSHÄTER. Laß nur gut sein!

LAURA. Ihre väterliche Liebe ist meiner Bitte zuvor gekommen.

WUMSHÄTER. Schweig doch!

LAURA. Wahrhaftig, ich habe Sie selbst darum ersuchen wollen.

WUMSHÄTER. Was gehts mich an?

LAURA. Nur wußte ich nicht, wie ich meine Bitte am behutsamsten vorbringen sollte. Ich fürchtete,

WUMSHÄTER. Ich fürchte, daß ich mir noch die Schwindsucht über dein Plaudern an den Hals ärgern werde.

LAURA. Ich fürchtete, sag ich, Sie möchten meine Begierde, bei meinem Bruder zu leben, einer falschen Ursache beimessen.

WUMSHÄTER. Bist du noch nicht fertig?

LAURA. Einem sträflichen Überdrusse vielleicht, länger bei Ihnen zu bleiben

WUMSHÄTER. Ich werde dir das Maul zuhalten müssen.

LAURA. Aber ich versichere,

WUMSHÄTER. Nun, wahrhaftig, ein Pferd, das den Koller bekömmt, ist leichter aufzuhalten, als das Plappermaul eines solchen Nickels. Du sollst wissen, daß ich nicht im geringsten dabei auf dich gesehen habe. Ich gebe dich dem Bruder mit, weil du dem Bruder die Haushaltung führen sollst, und weil ich dich los sein will. Ob es dir aber angenehm, oder unangenehm ist, das kann mir gleich viel gelten.

LAURA. Ich höre wohl, Herr Vater, daß Sie nur deswegen Ihre Wohltat so klein und zweideutig machen, um mich einer formellen Danksagung zu überheben. Ich schweige also Aber du, mein lieber Bruder,

WUMSHÄTER. Ja, ja; sie schweigt, das ist: sie fängt mit einem andern an zu plaudern.

LAURA. Du wirst mich doch hoffentlich nicht ungern mit dir nehmen?

VALER. Liebe Schwester,

LAURA. Gut, gut; erspare nur deine Versicherungen. Ich weiß schon, daß du mich liebst. Wie vergnügt will ich in deinem Umgange sein, den ich so viele Jahre habe entbehren müssen.

VALER. Ich kann dir es unmöglich zumuten, eine geliebte Vaterstadt, wo du so viele Freunde und Verehrer hast, meinetwegen mit einem ganz unbekannten Orte zu vertauschen.

WUMSHÄTER. Aber ich mute es ihr zu! Ich will doch nicht hoffen, daß ihr mit einander komplimentiert?

LAURA. Hörst du? Und was willst du denn mit deiner ganz unbekannten Stadt? Werde ich dich nicht da haben? Wird nicht Lelio da sein? Werde ich nicht seine vortreffliche Schwester da finden? *Zum Lelio.* Erlauben Sie mir, mein Herr,

WUMSHÄTER. Das dacht ich wohl, ihr Schnadern geht die Reihe herum.

LAURA. Erlauben Sie mir, sag ich, Ihre Schwester immer im voraus, als meine Freundin zu betrachten. Sie darf nur die Hälfte von den Vollkommenheiten ihres Bruders besitzen, wenn ich sie eben so sehr lieben soll, als ich diesen hochschätze.

WUMSHÄTER. Nu? ich glaube gar, du unterstehst dich, ehrlichen Leuten Schmeicheleien zu sagen? Es tut mir leid, Herr Lelio, daß Sie das unbesonnene Ding schamrot machen soll.

VALER *sachte zum Lelio.* Antworten Sie ihr ja nicht zu verbindlich

LELIO. Liebenswürdige Laura,

VALER *sachte zum Lelio.* Nicht zu verbindlich, sage ich.

LELIO. Schönste Laura,

VALER *sachte zum Lelio.* Nehmen Sie sich in Acht!

LELIO. Madmoisell,

WUMSHÄTER *zur Laura.* Da, sieh einmal, wie verwirrt du ihn gemacht hast. Aber es ist ein Zeichen seines Verstandes; denn je verständiger ein Mann ist, desto weniger kann er sich aus euerm Gickelgackel und Wischiwaschi nehmen. Kommen Sie nur, Lelio, wir wollen lieber im Garten ein wenig auf und niedergehen, als bei dem Weibsbilde länger bleiben. Folge uns ja nicht nach! Aber du, Valer, kannst mitkommen. *Lelio macht der Laura eine Verbeugung.* Ei, was soll das? Sie werden sich doch wohl kein Gewissen machen, ihr ohne Referenz den Rücken zuzukehren? *Laura erwidert die Verbeugung.* Und dir, Mädel, sag ich, laß die Knickse bleiben, oder Das verwünschte Pack! Wenn die Zunge müde ist, so verfolgt es einen noch mit Grimassen.

VALER. Ich werde gleich nachkommen. *Wumshäter und Lelio gehen ab.*

Siebenter Auftritt

Valer. Laura.

VALER. Nun, Schwester, sage mir einmal, was ich von dir denken soll?

LAURA. Sage mir doch erst, was ich von deinem Lelio denken soll?

VALER. Du bist wirklich entschlossen, mit mir zu reisen?

LAURA. Wer es doch glaubte, daß Lelio kein Kompliment zu beantworten wisse! Ich kenn ihn besser. Wie viel schöne Sachen hat er mir nicht vorgesagt, wenn er mich dann und wann allein gefunden. Aber, Bruder, er soll mir sie gewiß nicht mehr allein sagen. Ich will ihn bald dazu bringen, daß er mir sie in deiner, und des Vaters Gegenwart, sagen soll. Daß er sich gegen diesen bisher verstellt, daran hat er sehr wohl getan. Er mußte sich seiner Gewogenheit versichern. Aber nun, sollte ich meinen, könnte er die Maske schon nach und nach ein wenig aufheben.

VALER. Ich erstaune!

LAURA. Ich möchte doch wissen, worüber? Bin ich erstaunt, daß du seiner Schwester gefallen hast?

VALER. Das heißt, ich soll so billig sein, und auch nicht darüber erstaunen, daß du ihrem Bruder gefallen hast. Aber Leander

LAURA. Sage mir nur nichts von Leandern, ich bitte dich. Der sollte längst wissen, woran er wäre. Habe ich ihm nicht, seit einigen Tagen, alle seine Briefe unerbrochen wieder zurück geschickt?

VALER. Aber nur seit einigen Tagen.

LAURA. Spöttischer Bruder! Könnte es dir denn aber unangenehm sein, wenn du mit der Familie des Lelio auf eine doppelte Art verbunden würdest?

VALER. Ich wette wie viel, daß du dich nicht deutlicher erklären kannst!

LAURA. Wette nicht; denn sieh, ob du nicht die Wette verloren hättest. Ich weiß, woran ich mit dem Lelio bin. Er hat mir seine Liebe gestanden; mit mehr Lebhaftigkeit, mit mehr Zärtlichkeit, als es Leander jemals getan hat. Und weißt du denn nicht, wie wir Mädchen es machen? Wenn ich zu meinem Kaufmanne in das Gewölbe komme, ich versichre dich, ich kaufe niemals den Stoff, den ich zuerst behandelt habe. Und wollte der Kaufmann darüber verdrüßlich werden, so würde ich sagen: warum weisen Sie mir den nicht gleich zuerst, der mir am besten gefällt?

VALER. Der Kaufmann wird darüber nicht verdrüßlich werden, denn er weiß aus der Erfahrung, daß, wenn ihr euch lange und viel besonnen habt, ihr endlich doch auf das Schlechteste fallt; auf eine Farbe, auf ein Muster, das längst nicht mehr Mode gewesen. Und eher merkt ihr auch euren Selbstbetrug nicht, als bis ihr den Einkauf zu Hause mit Muße besehen habt. Wie sehr wünscht ihr euch alsdenn das, was ihr zuerst behandelt hattet!

LAURA. Du kannst ein Gleichnis vortrefflich ausführen. Willst du nicht so gut sein, und es nunmehr auch applizieren? Es liegt keine schlechte Anpreisung des Lelio darin. O, er soll es erfahren, wie sehr du ihm das Wort sprichst; er soll es heute noch erfahren. Lebe wohl, Bruder!

VALER. Ein Wort im Ernst, Schwester.

LAURA. Im Ernste? Bisher also hast du gescherzt? Ja, das laß ich gelten.

VALER. Höre, ich sage dir mit trocknen Worten: Lelio kann unmöglich der Deinige werden; glaube mir, er kann es unmöglich werden; unmöglich!

LAURA. Ha! ha! ha! Wenn ich nun nicht bald gehe, so wirst du mir vielleicht vertrauen, daß er schon verheiratet sei. Ha! ha! ha! *Geht ab.*

VALER. Närrisches Mädchen! Ich habe es wahrhaftig nicht wagen dürfen, ihr von dem Anschlage des Herrn Solbist etwas zu sagen. Sie würde ihm bei dem Vater zuvorkommen; und alsdenn wäre alles aus. Wir müssen ihr wider ihren Willen dienen, wenn sie uns am Ende danken soll. Da ist sie ja schon wieder.

LAURA *kömmt ganz ernsthaft zurück.* Bruder

VALER. Nun, so ernsthaft?

LAURA. Unmöglich, hast du gesagt? Erkläre mir doch diese Unmöglichkeit.

VALER. Der Vater erwartet mich in dem Garten. Ich muß dir es also ganz kurz erklären. Unmöglich ist das, was nicht möglich ist. Auf Wiedersehen, liebe Schwester. *Geht ab.*

LAURA. So? Ich bedanke mich! Geduld! ich muß sehen, wie ich den Lelio zu sprechen bekomme. *Geht ab.*

Ende des ersten Aufzuges.

Zweiter Aufzug

Erster Auftritt

LELIO ODER HILARIA. Bald werde ich es selbst glauben, daß ich der guten Laura zu viel Liebkosungen gemacht habe. Wir armes Geschlecht! Wie leicht sind wir zu hintergehen! Sie winkte mir eben jetzt sehr vertraulich; sie wird mich sprechen wollen. Ja, ja, dacht ich es doch! Gut, daß ich mich gefaßt gemacht habe.

Zweiter Auftritt

Laura. Lelio.

LAURA. Armer Lelio, haben Sie sich von der verdrüßlichen Gesellschaft meines Vaters endlich los gemacht? Wie sehr wünschte ich, daß doch nur eine Person in unserm Hause sein möchte, deren angenehmere Gesellschaft Sie schadlos halten könnte.

LELIO *bei Seite.* Sie weiß ein verliebtes Gespräch vortrefflich einzufädeln! Schwerlich werde ich die Vorbereitungen zu meinem Rückzuge eben so fein zu machen wissen.

LAURA. Sie antworten mir nicht?

LELIO. Was soll ich Ihnen antworten?

LAURA. Es ist wahr, was soll man antworten, wenn einem die Antwort in den Mund gelegt wird? Sie hätten mir es eben so galant, gerade heraussagen können: daß wenigstens ich die gedachte Person nicht sei.

LELIO. Grausame Laura!

LAURA. Barmherziger Lelio!

LELIO. Barbarische Schöne!

LAURA. Noch mehr? Haben Sie Mitleiden, und machen mich menschlicher.

LELIO. Sie spotten meiner? Ich Unglücklicher! O, daß ich Sie niemals, oder wenigstens eher gekannt hätte!

LAURA. Noch kein Ende mit Ihren Ausrufungen? Aber was wollen Sie damit?

LELIO. Was habe ich Ihnen getan, daß Sie eine Flamme in mir ernähren, die mich ohne Hülfe verzehren wird?

LAURA. Nun kommen Sie doch allmählig ins Fragen, und ich habe Hoffnung bald aus Ihnen klug zu werden.

LELIO. Womit habe ich es verschuldet, daß Sie mich in eine hoffnungslose Liebe verwickeln?

LAURA. Fragen Sie weiter, vielleicht findet sich doch etwas, worauf ich antworten kann.

LELIO. War Ihnen denn so viel daran gelegen, mich zu einem unschuldigen Schlachtopfer Ihrer Reize zu machen? Was für ein Vergnügen versprachen Sie sich aus meiner Verzweiflung? Genießen Sie es nur, genießen Sie es. Aber daß es ein andrer mit genießen soll, der Sie unmöglich so zärtlich lieben kann, als ich Sie liebe, das geht mir durch die Seele!

LAURA. Im Vorbeigehen: Sie sind doch wohl nicht gar eifersüchtig?

LELIO. Eifersüchtig? Nein, man hört auf, eifersüchtig zu sein, wenn man alle Hoffnung verloren hat, und man kann weiter nichts sein, als neidisch.

LAURA *bei Seite.* Was soll ich von ihm denken? Darf man den Glücklichen nicht wissen, den Sie beneiden?

LELIO. Fahren Sie nur fort, sich zu verstellen. Ihre Verstellung eben hat mein Unglück gemacht. Je schöner ein Frauenzimmer ist, desto aufrichtiger sollte es sein; denn nur durch ihre Aufrichtigkeit kann es dem Schaden vorbauen, den seine Schönheit verüben würde. Gleich nach den ersten Höflichkeitsbezeigungen, wenigstens gleich nach den ersten zärtlichen Blicken, die ich auf Sie richtete, gleich nach den ersten Seufzern, die mir meine neue Liebe auspreßte, hätten Sie zu mir sagen sollen: »Mein Herr, ich warne Sie, sein Sie auf ihrer Hut. Lassen Sie sich meine Schönheit nicht zu weit führen; Sie kommen zu spät, mein Herz ist bereits versagt.« Das hätten Sie zu mir sagen sollen, und ich würde mich nicht mehr unterstanden haben, eines andern Gut zu begehren.

LAURA *bei Seite.* Hui, daß ihm mein Bruder von Leandern etwas in den Kopf gesetzt hat?

LELIO. Allzuglücklicher Leander!

LAURA *bei Seite.* Ja, ja, es ist richtig. Das will ich ihm gedenken. Mein Herr,

LELIO. Nur keine Entschuldigungen, Madmoisell! Sie könnten leicht das Übel ärger machen, und ich könnte anfangen zu glauben, daß Sie mich wenigstens betauerten. Ich kenne die geheiligten Rechte einer ersten Liebe, wofür ich Ihre Liebe gegen Leandern halte. Ich will mich des törichten Unternehmens, sie zu schwächen, nicht schuldig machen. Alles würde vergebens sein

LAURA. Ich erstaune über Ihre Leichtgläubigkeit.

LELIO. Sie haben Recht, darüber zu erstaunen. Konnte ich mir etwas Törichters einbilden, als daß Ihre bezaubernden Reize auf mich sollten gewartet haben, ihre Macht über ein empfindliches Herz zu äußern?

LAURA. Diese Leichtgläubigkeit würde Ihnen zu vergeben gewesen sein. Merken Sie denn aber nicht, oder wollen Sie es nicht merken?

LELIO. Und was, schönste Laura?

LAURA. Daß es eine ganz andere Leichtgläubigkeit ist, die mich an Ihnen ärgert.

LELIO. Eine andere? Sie haben Recht! Ah, ich Dummkopf!

LAURA. Nun?

LELIO. Ich kann meine Augen, vor Scham, nicht aufschlagen.

LAURA. Vor Scham?

LELIO. Wie lächerlich muß ich Ihnen vorkommen?

LAURA. Ich wüßte nicht

LELIO. Wie abgeschmackt erscheine ich mir selbst!

LAURA. Mit Ihren Erscheinungen! Und warum denn?

LELIO. Ja wohl, wie lächerlich, wie abgeschmackt, daß ich Höflichkeit für Zärtlichkeit, gesellschaftliche Verbindlichkeiten für Merkmale einer werdenden Liebe gehalten habe! Das, das ist die Leichtgläubigkeit, die Ihnen an mir so ärgerlich ist; eine Leichtgläubigkeit, die desto sträflicher wird, je mehr Stolz sie voraussetzt.

LAURA. Lelio!

LELIO. Aber vergeben Sie mir; sein Sie großmütig, schönste Laura; richten Sie mich nicht nach aller Strenge. Meine Jugend verdient Ihre Nachsicht. Welche Mannsperson von meinen Jahren, von meiner Bildung, von meiner Lebhaftigkeit, ist nicht ein wenig Geck? Es ist unsere Natur. Jeder lächlende Blick, dünkt uns der Zoll unsrer Verdienste, oder die Huldigung unsres Werts; ohne zu untersuchen, ob er nicht bloß aus Zerstreuung, ob er nicht aus Mitleid, ob er nicht wohl gar aus Hohn auf uns gefallen.

LAURA. O, Sie machen mich ungeduldig. Ich weiß gar nicht, wie es mit Ihrem kleinen Gehirne dann und wann steht.

LELIO. Nicht immer zum besten. Aber besorgen Sie von mir weiter nichts. Sie haben mich in die Schranken meiner Geringfügigkeit zurück gewiesen

LAURA. Noch mehr? Ich sehe meinen Vater kommen, ich muß es kurz machen Daß Sie ein albernes Märchen von einem gewissen Leander sich so leicht für Wahrheit aufbinden lassen, das, das ist die Leichtgläubigkeit, die mich an Ihnen verdrießt Ich verlasse Sie; folgen Sie mir unvermerkt in das Gartenhaus. Sie sollen Beweise haben, daß man Sie hintergehen will. *Gehet ab.*

Dritter Auftritt

Wumshäter. Valer. Lelio.

LELIO. Ich werde dir nicht folgen, gutes Kind! Wüßte ich doch nicht, was mir so sauer geworden wäre, als diese Unterredung.

WUMSHÄTER. Sie sind mir ja unter den Händen weggekommen, Herr Lelio. Was mir mein Sohn den Kopf warm macht, das können Sie kaum glauben! Sieh, über dein verwünschtes Anhalten, habe ichs ganz vergessen, daß Herr Solbist zu mir kommen wollen. Wo er nur nicht schon da gewesen ist! Meine Leute sagen mir auch gar nichts. Aber woher kömmts? Da hat mich der Himmel mit lauter weiblicher Aufwartung bestraft, und wenn ich ja einmal einen guten Menschen zur Aufwartung habe, so vergeht kein Monat, daß ihn nicht das verdammte Mädel, die Lisette, in ihren Stricken hat. Nu, nu, ist nur meine Tochter erst fort, so will ich auch keine weibliche Fliege mehr unter meinem Dache leiden.

VALER. Sehen Sie, Herr Vater, jetzt eben kömmt Herr Solbist.

Vierter Auftritt

Solbist in einer großen Zipfelperuque und einen Packt Akten unter dem Arme. Die Vorigen.

WUMSHÄTER. Ei, sind Sie es denn, mein lieber Herr Solbist?

SOLBIST. Ja freilich bin ichs.

VALER *sachte zum Lelio.* Lassen Sie ihm ja nicht merken, daß Sie von seinem Anschlage etwas wissen; denn alles sollen bei ihm Geheimnisse sein.

WUMSHÄTER. Nun, was bringen Sie mir Gutes?

SOLBIST. Habe ichs nicht gleich lieber sollen vor der Haustüre sagen? Geduld! Ich muß ganz in geheim mit Ihnen sprechen.

WUMSHÄTER. Ganz in geheim? Sie machen mich unruhig.

SOLBIST *zu dem Lelio, welcher ihn von unten und oben betrachtet.* Nun, was begucken Sie mich da?

LELIO. Ich bewundere Sie.

SOLBIST. Wie ein Bauer, der einmal in die Stadt kömmt, ein groß Haus.

LELIO. Ich sehe, Sie haben sich heute außerordentlich geputzt.

SOLBIST. Ich will ein Schelm sein, wenn es um Ihrentwillen geschehen ist.

LELIO. In dieser Peruque könnten Sie sich vor die Europäische Fama stechen lassen.

SOLBIST. Vexieren Sie mich heute nur nicht; heute bin ich in meinen Berufsverrichtungen. Ein andermal können Sie Ihren Spaß mit mir haben. Heute respektieren Sie mein Amt.

LELIO. Ich habe allen Respekt vor Ihre Akten.

SOLBIST. Die Spötterei hätten Sie können weglassen. Ist es meine Schuld, daß ich mir sie selber tragen muß? Nein, gewiß nein! Ich habe nun lange genug der undankbaren Stadt, und der lieben Dorfschaft, als ein betreibsamer Rechtskonsulent gedient; und meine Dienste hätten mir, von rechtswegen, schon so viel abwerfen sollen, daß ich mir einen Jungen, einen Schreiber, einen Sekretär, oder so etwas, halten könnte. Aber wer kann denn das Glück zwingen? Bis jetzt bin ich mir alles noch selbst. Sobald ich mir aber einen Jungen, oder so etwas, werde halten können, wird meine Großmut, Sie dazu in Vorschlag zu bringen, nicht anstehen.

LELIO. Sie scherzen, Herr Solbist; und das sehr fein.

SOLBIST. Ich scherze nie anders. Doch, Herr Wumshäter, machen Sie, machen Sie, daß die Leutchen wegkommen. Ich muß allein mit Ihnen reden.

LELIO. Sie dürfen ja nur im Kanzeleistile mit ihm reden; und es wird so gut sein, als ob wir nicht da wären.

WUMSHÄTER. Aber es sind ja meine Freunde; was Sie mir zu sagen haben, können Sie ja wohl in ihrer Gegenwart sagen.

SOLBIST. Sie wollen mich also nicht hören? Gut! *Er will gehen.*

LELIO. Wir wollen Sie seinem Eigensinne nicht aussetzen, Herr Wumshäter. Bleiben Sie nur, Herr Solbist; wir gehen schon. *Sachte zum Valer.* Kommen Sie, Valer; es wird ohnedem bald Zeit sein, daß ich mich umkleide.

WUMSHÄTER. Nehmen Sie es doch nicht übel! *Valer und Lelio gehen ab.*

Fünfter Auftritt

Wumshäter. Solbist.

WUMSHÄTER. Lassen Sie doch nunmehr hören, Herr Solbist, was Sie mir für Geheimnisse zu vertrauen haben.

SOLBIST. Sind sie weg? Treten Sie hierher! Sie möchten an der Türe horchen.

WUMSHÄTER. Nun?

SOLBIST. Herr Leander

WUMSHÄTER. Hat ihn der Henker geholt?

SOLBIST. St! Hören Sie doch nur. Herr Leander will *Sachte ins Ohr.* will sich mit Ihnen vergleichen.

WUMSHÄTER *sehr laut.* Was? will sich mit mir vergleichen?

SOLBIST. St! st! Ja, er will. Er hat sich von mir lassen übern Tölpel stoßen.

WUMSHÄTER *sehr laut.* Sie mögen selber ein Tölpel sein. Ich mag mich mit ihm nicht vergleichen. Wie viele hundertmal habe ich Ihnen das nicht auf das teuerste versichert?

SOLBIST. St! st! st! Mit Ihrem verzweifelten Schreien werden Sie mich um Ehre, Reputation, Kredit und alles bringen. Wenn es nun jemand gehört hat?

WUMSHÄTER. O, das Zeugnis will ich Ihnen vor aller Welt geben, daß Sie nichts als meinen Ruin suchen. Vergleichen? habe ich nicht die gerechteste Sache?

SOLBIST. Auch die gerechteste Sache kann verloren werden, wenn sie wie die Ihrige steht. Ihre selige Frau hat es schon zu weit kommen lassen.

WUMSHÄTER. Das verwünschte Weib! Kömmt nicht all mein Unglück von Weibern her?

SOLBIST. Nicht allein Ihr Unglück, sondern überhaupt alles Unglück, das in der Welt geschieht, wie ich hernach erweisen werde. Machen Sie nur, daß Sie den Beweis bald hören können, und sagen Sie mir kurz, ob es Ihnen nicht lieb sein würde, wenn Leander ich will nicht sagen, sich mit Ihnen vergliche: denn von Vergleichen wollen Sie nichts hören sondern unter einer kleinen, ganz kleinen Bedingung, den Prozeß hängen ließ.

WUMSHÄTER. Hängen ließ? So, daß ich ihn gleichsam gewonnen hätte? Ja, das wäre noch etwas. Aber was ist es denn für eine Bedingung?

SOLBIST. Eine Bedingung, die vollkommen nach Ihrem Sinne sein wird.

WUMSHÄTER. Nun?

SOLBIST. Kurz, Leander will den Prozeß unter der Bedingung hängen lassen, unter der Bedingung, Herr Wumshäter *Sachte ins Ohr.* daß Sie sein Unglück machen wollen.

WUMSHÄTER *sehr laut.* Was? daß ich sein Unglück machen will?

SOLBIST. Sie werden mit Ihrer verräterischen Auktionatorstimme noch meines machen. Ich tue meine Dinge alle gern heimlich, und in der Stille. Aber Sie, Sie ich wette, Leander hat es in seinem Hause gehört!

WUMSHÄTER. Nun so entdecken Sie mir denn ganz heimlich, auf welche Weise ich sein Unglück machen kann?

SOLBIST. Nichts ist leichter. Hören Sie nur, im Vertrauen; der Mensch ist ganz närrisch geworden. Ich glaube, der Himmel hat ihn Ihrentwegen gestraft. Er ist auf einen recht desperaten Einfall geraten. Ich will ihn Ihnen gleich erklären.

WUMSHÄTER. Noch seh ich nicht, wo Sie hinaus wollen?

SOLBIST *er legt die Akten weg; bringt eine große Halskrause aus der Tasche, die er sich umbindet; zieht ein Paar weiße Handschuh an, tritt einige Schritte zurück, und fängt auf eine pedantische Art zu perorieren an.* »Hochedelgeborner, insonders hochzuehrender Herr und Gönner! Als Gott den Adam erschaffen, und in das schöne Paradies gesetzt hatte Beiläufig will ich erinnern, daß man bis jetzo noch nicht weiß, wo eigentlich das Paradies gewesen ist. Die Gelehrten streiten sehr heftig darüber. Doch es sei gewesen, wo es wolle. Als nun Gott den Adam in dieses uns unbewußte Paradies gesetzt hatte –«

WUMSHÄTER. Je, Herr Solbist! Herr Solbist!

SOLBIST. Treten Sie ein wenig vor die Türe, damit niemand herein kömmt!

WUMSHÄTER. Ich will Gott danken, wenn jemand dazukömmt, denn ich fürchte in der Tat, Sie sind unsinnig geworden.

SOLBIST. Treten Sie doch nur, und gedulden Sie sich einen Augenblick! »Als nun, sag ich, Adam in dieses Paradies gesetzt, als er, sag ich, darin gesetzt war. Und, will ich sagen, also in dem Paradiese war, worein er von Gott war gesetzt worden. So war er in diesem Paradiese.« Ei, vertrackt, wenn ich nur erstlich wieder heraus wäre! Da haben Sies nun! Das kömmt davon, wenn man dem Orator in die Rede fällt.

WUMSHÄTER. Ich besorge nur, ich werde Ihnen bald in die Daumen fallen müssen. Sagen Sie mir nur in Ewigkeit, was Sie wollen?

SOLBIST. Ich wollte lieber, daß Sie mir eine Ohrfeige gegeben hätten, als daß Sie mich aus meinem Konzepte gebracht haben. Ich muß nur sehen, ob ich wieder hinein kommen kann. *Ganz geschwind.* »Hochedelgeborner, insonders hochzuehrender Herr und Gönner! Als Gott den Adam erschaffen, und in das schöne Paradies gesetzt hatte« Hochedelgeborner, insonders hochzuehrender Herr und Gönner! Als Gott den Adam erschaffen, und in das schöne Paradies gesetzt hatte Nein, es geht wirklich nicht weiter; es ist, als wenn mirs vom Maule weggeschnitten wäre. Nun mags; der größte Schade dabei ist Ihre.

WUMSHÄTER. Ist meine?

SOLBIST. Ja, wahrhaftig; Sie hätten ein recht ciceronianisches Meisterstück hören sollen. Eine vertraute Rednergesellschaft würde es nicht besser haben abfassen können! Nun werden Sie sich mit den Contentis begnügen müssen. Hören Sie nur also: meine Rede denn so viel werden Sie doch wohl gemerkt haben, daß ich Ihnen eine Rede habe halten wollen? Meine Rede, sag ich, hatte drei Partes, ob gleich sonst acht Partes orationis zu sein pflegen. Der erste Pars, oder vielmehr die erste Pars, enthielt ein richtiges Verzeichnis aller bösen Weiber, von der Eva an, bis auf die Ihrigen drei.

WUMSHÄTER. Was? Ein Verzeichnis aller bösen Weiber? Ei, das wäre ich kuriös gewesen, zu hören! Ein Verzeichnis aller bösen Weiber wirds nun wohl nicht gewesen sein, sondern nur ein Verzeichnis der bösesten. Denn ein Verzeichnis aller bösen Weiber, das war ein Verzeichnis aller Weiber, die jemals auf der Welt gelebt haben, und das kanns doch nicht gewesen sein.

SOLBIST. Ganz recht. Meine andre Pars

WUMSHÄTER. Hatten Sie denn auch in Ihrem Verzeichnisse die Frau des Hiobs?

SOLBIST. Freilich! Meine andre Pars

WUMSHÄTER. Hatten Sie denn auch die Frau des Tobias?

SOLBIST. Freilich! Meine andre Pars

WUMSHÄTER. Auch die Königin Jesabel?

SOLBIST. Auch! Meine andre Pars

WUMSHÄTER. Auch die große Hure von Babylon?

SOLBIST. Auch! Meine andre Pars

WUMSHÄTER. Sie hören, daß ich doch auch ein wenig bewandert bin!

SOLBIST. Ich höre wohl, daß Sie nur die kennen, die noch die besten darunter sind. Ich wußte noch ganz andere! Eine Hispulla, eine Hippia, eine Medullina, eine Saufeja, eine Ogulina, eine Messalina, eine Cäsonia Von welchen allen, in dem sechsten der Geschichtbücher des Juvenals, ein mehreres nachgelesen werden kann. Doch, damit meine Contenta nicht länger werden, als meine Rede geworden wäre, so hören Sie nur weiter. Meine zweite Pars erwies so kurz als gründlich, daß eine Frau das größte Unglück auf der Welt sei, und leitete daraus unwidersprechlich her, daß das Heiraten eine sehr unsinnige Sache sein müsse, welches denn weitläuftig mit Testimoniis, besonders mit dem Ihrigen bestärkt wurde.

WUMSHÄTER. Ei! lieber Herr Solbist, wie waren Sie auf eine so vortreffliche Materie gekommen? Gewiß, ich beklag es nunmehr recht herzlich, daß Ihre Rede so vor die Hunde gegangen ist. Je! je! Aber wie komm ich denn dazu, daß Sie mir so ein Vergnügen haben machen wollen? Es ist doch heute weder mein Geburtstag, noch mein Namenstag, daß ich etwa dächte, Sie hätten mir so eine schöne Gratulationsrede halten wollen.

SOLBIST. Aus meiner dritten Pars wird Ihnen alles klar werden. Die dritte Pars endlich enthielt, daß dem ohngeachtet, diese Unsinnigkeit, nämlich die Unsinnigkeit zu heiraten, raten Sie einmal, wer? begehen wollte

WUMSHÄTER. Wer? Doch wohl nicht mein Sohn? Denn dem denk ich es wohl ausgeredt zu haben.

SOLBIST. Nicht Ihr Sohn, nein.

WUMSHÄTER. Nun, so wollte ich, daß es mein ärgster Feind sein müsse!

SOLBIST. Bravo!

WUMSHÄTER. Ich wollte, daß es Leander wäre!

SOLBIST. Getroffen!

WUMSHÄTER. Wirklich? O, daß ich keine von meinen drei Weibern vom Tode erwecken, und sie ihm geben kann.

SOLBIST. Das können Sie, Herr Wumshäter, das können Sie, wenn Sie nur wollen! Leibt und lebt nicht Ihre zweite Frau in Ihrer Jungfer Tochter? Kurz, sehen Sie in mir den Brautwerber des Herrn Leanders, und zwar um die Ehr- und Tugendsame Jungfer, Jungfer Laura, eheleiblichen einzigen Tochter des Herrn, Herrn Zacharias Maria Wumshäter. Wenn er in seinem Suchen glücklich ist, so sollen Sie den Prozeß gewonnen haben. Dixi!

WUMSHÄTER. Was? allerliebster Herr Solbist, ist es möglich? Leander will meine Tochter haben, und wenn ich sie ihm gebe, soll ich den Prozeß gewonnen haben?

SOLBIST. Sollen Sie ihn gewonnen haben! Besinnen Sie sich ja nicht lange.

WUMSHÄTER. Ich mich besinnen?

SOLBIST. Sie müssen überzeugt sein, daß man kein feindseliger Verfahren erdenken kann, als einem eine Frau zu geben.

WUMSHÄTER. Das bin ich! Er soll sie haben, ja; mit Freuden will ich sie ihm geben. Wie soll sie ihm das Leben so sauer machen! Leander, Leander, er soll den Verdruß zehnfach wieder empfinden, den er mir verursacht hat. Wie will ich mich freuen, wenn ich bald erfahren werde, daß sich meine Tochter täglich mit ihm zankt; daß sie ihn keinen Bissen in Ruhe genießen läßt, daß sie sich so gar an ihm vergreift, daß sie ihm untreu ist, daß sie ihm sein Vermögen durchbringt, daß er endlich Haus und Hof ihrentwegen verlassen muß! Ich denke, ich denke, sie solls dahin bringen. Ja, ja, Herr Solbist, Leander soll meine Tochter haben, er soll sie haben Allein, wenn ich den Prozeß dadurch gewinne, so muß ich die deponierten sechstausend Taler ausgezahlt bekommen.

SOLBIST. Die können Sie morgen bekommen.

WUMSHÄTER. Morgen? das wäre vortrefflich! Ich hätte eben Gelegenheit sie zu sechs Prozent unterzubringen. Aber Leander denkt doch wohl nicht, daß er sie zur Aussteuer etwa wieder bekommen werde? Das mag er sich nur vergehen lassen. Mitgeben kann ich meiner Tochter nichts, gar nichts.

SOLBIST. Es wird auch nicht nötig sein; Leander ist selbst reich genug.

WUMSHÄTER. Wenn das ist, so ist sie, wenn er will, noch heute seine Frau. Ich wollte sie zwar meinem Sohne mitgeben; doch daraus wird nun nichts. Es ist besser, daß sie mich an einem Menschen rächt, der mir so vieles Unrecht getan hat. Wir wollen gleich zu ihr gehen; kann doch Herr Leander hernach selbst herkommen. Kommen Sie, Herr Solbist

SOLBIST. Gehen Sie nur. Ich muß meine Spitzenkrause vorher wieder abbinden, und die glaßierten Handschuh einstecken. Sagen Sie es aber ja niemanden, daß ich der Brautwerber gewesen bin! *Wumshäter gehet ab.* Es möchte sich zu meinem Amte nicht allzuwohl schicken; weswegen ich denn auch ganz weislich in dem völligen Ornate nicht herkommen wollte. Wie leicht hätte man mir es ansehen können, daß ich mir einen Kuppelpelz verdienen wollen. Geschwind, es kommt jemand!

Sechster Auftritt

Lisette. Solbist.

SOLBIST *indem er sich noch die Krause abbindet.* Ist Sies, Lisettchen? Nun, nun, Sie darf es endlich wissen, was ich hier gemacht habe.

LISETTE. Ist es gut abgelaufen, Herr Solbist?

SOLBIST. Als wenn nicht alles gut ablaufen müßte, womit ich mich einmal abgebe. Hätte man mich fein eher zu Rate gezogen, so könnte Laura wohl schon von Leandern Kinder haben.

LISETTE. Man sollte es kaum denken, was in dem grauen Köpfchen für Schelmereien stecken müssen!

SOLBIST. Mache Sie mich nicht schamrot. Freilich würde Herr Wumshäter Leandern abgewiesen haben, wenn man den Antrag für ihn auf irgend eine andere Art getan hätte. Aber es war doch auch so schwer nicht, diese einzige Art zu finden; besonders für einen Mann von Erfahrung, wie ich Denn im Vertrauen, Lisettchen, *Ins Ohr.* glaubt Sie, daß dieses das erste Paar ist, das ich zusammen bringe?

LISETTE. Ei nicht doch; ich glaube vielmehr, daß Sie auf das Kuppeln ausgelernt haben.

SOLBIST. St! st! schrei Sie nicht so! Das hat mir müssen manchen schönen Taler einbringen. Die Leute irren sich erschrecklich, wenn sie denken, ich könnte nichts als Uneinigkeit stiften. Das muß ich zwar können, als ein ehrlicher Advokat; doch, wenn es damit nicht allezeit fort will, so kann ich auch Ehen stiften.

LISETTE. Als wenn Ehen stiften, und Uneinigkeit stiften, nicht einerlei wäre! Und so viel ich gehört habe, so können Sie Eheleute eben sowohl wieder von einander, als zusammen bringen. Sie sind ein schlauer Fuchs. Hätten Sie mit Ehescheidungsprozessen wohl so viel verdienen können, wenn Sie nicht durch Ihr Kuppeln den Grund dazu gelegt hätten?

SOLBIST. Der Geier! wer hat Ihr das gesagt? Ich tue doch alles in der Stille und im Verschwiegenen, und rede von solchen Sachen nicht gern einmal laut: und Sie hat es doch erfahren? Das kann mit rechten Dingen nicht zugehen. Aber das ist wahr; eine Lust ist es, wenn ich des Vormittags meinen Klienten Gehör gebe. Alles hat seine Zuflucht zu mir. Will der Bauer mit seinem Herrn prozessieren; so kömmt er zu mir. Will ein altes Mütterchen einen gesunden frischen Mann haben; so kömmt sie zu mir. Will ein Schelm den andern Injuriarum belangen; so kömmt er zu mir. Will eine junge Frau ihren alten Ehekriepel los sein; so kömmt sie zu mir. Aber alles das, alles das, besonders was die Ehesachen anbelangt, geschieht so in der Stille, daß sie mir es nur ins Ohr sagen müssen. Und gleichwohl weiß Sies? Sei Sie verschwiegen, Lisettchen; und plaudre Sie es nicht weiter. Vielleicht, daß ich Ihr auch einen Dienst tun kann. Ich weiß zwar nicht, ob Sie schon Lust hat, sich zu verheiraten; aber die Lust kömmt manchmal ganz geschwind. Sage Sie mirs, wenn sie kömmt. Ich halte ein richtiges Register von allen mannbaren Jungfern, und allen weibbaren Junggesellen in der Stadt. Das lese ich alle Tage ein bis zweimal durch, und sehe nach, welche meiner Hülfe etwa nötig haben könnten. Die Wahrheit zu sagen; ich habe schon einige Mannspersonen mit einem Sternchen angemerkt, die sich ganz wohl für Sie schicken würden.

LISETTE. Wenn sie reich, jung und schön sind, so können Sie gewiß glauben, daß sie sich für mich schicken. Mehr gute Eigenschaften braucht mein künftger Mann eben nicht zu haben. Die andern habe ich.

SOLBIST. Ich will Ihr mein Register weisen. Kann Sie doch nachsehen, wer Ihr am meisten darunter gefällt. Ich habe sie umständlich nach ihren äußerlichen und innerlichen Gaben beschrieben, und aus der Proportion der Glieder gewisse nicht unebene Schlüsse gezogen; zumal der Nase, der Schultern, der Waden Ein andermal hiervon ein mehreres, Lisettchen. Ich muß jetzt gehen, und den Herrn Leander herschicken. Trotz des Prozesses, hat er doch immer eine große Liebe zur Jungfer Laura gehabt.

LISETTE. O, und sie auch zu ihm. Vergessen Sie das Register nicht!

SOLBIST. Aber nur verschwiegen! verschwiegen! *Geht ab.*

LISETTE *allein.* Das laßt mir einen rechtschaffenen Advokaten sein! Wenn es mit seiner List nur nicht zu spät ist! Laura ist mir seit einigen Tagen sehr verändert gegen Leandern vorgekommen. Ich fürchte, ich fürchte, Valer hat seinen künftigen Schwager zur Unzeit mitgebracht!

Siebender Auftritt

Wumshäter. Lisette.

WUMSHÄTER. Wo ist die Tochter, Lisette?

LISETTE. Was für eine Tochter?

WUMSHÄTER. Die Tochter! Ich habe sie schon im ganzen Hause gesucht. Wo ist sie?

LISETTE. Welche Tochter denn?

WUMSHÄTER. Der Nickel will nur, daß ich sagen soll: meine Tochter; und sie weiß doch, wie ungern ich es sage.

LISETTE. Nach Ihrer Jungfer Tochter fragen Sie also? Nach Ihrer? Ich weiß wirklich nicht, wo sie ist. Aber was wetten wir, ich weiß, was Sie ihr melden wollen?

WUMSHÄTER. Ist sie etwan im Garten?

LISETTE. Es kann wohl sein. Sie haben gewiß recht sehr klug getan, daß Sie Herr Leandern

WUMSHÄTER. Sage du ja nicht, daß ich klug getan habe, oder ich werde glauben, daß ich die größte Torheit begangen habe.

LISETTE. So will ich das letzte sagen.

WUMSHÄTER. So sag es in aller Hexen Namen, und laß mich ungehudelt.

LISETTE *allein.* Nun gewiß, wenn ich einmal so einen Narrn zum Manne bekommen sollte, ich glaube, ich würde in meinem Alter eine eben so große Männerfeindin, als er ein Weiberfeind ist. Aber, wohl gemerkt, nicht eher als in meinem Alter!

Ende des zweiten Aufzuges.

Dritter Aufzug

Erster Auftritt

Lisette von der einen, und Laura von der andern Seite.

LISETTE. So hitzig, Mamsell?

LAURA. Wo ist der nichtswürdige Advokat? Der alte ungebetne Kuppler! In was mengt er sich? Wer hat es ihm aufgetragen, mich von meinem Vater, als eine Strafe für einen Mann, zu erbitten, mit dem ich am meisten gestraft sein würde?

LISETTE. Mit dem Sie am meisten gestraft sein würden? Lieben Sie denn nicht Leandern? Und haben Sie nicht schon längst ihm Ihre Genehmhaltung erteilt, auf die eine oder die andere Weise die Einwilligung Ihres Vaters zu suchen?

LAURA. Es ist dein Glück, daß du sagst, schon längst. Eben deswegen, weil ich Leandern schon längst einmal geliebt habe, und schon längst einmal die Seine habe sein wollen, hätte man sich doch wohl vorher erkundigen können, ob ich es auch noch jetzt wollte, und ob ich ihn auch noch jetzt liebte? Muß man so zuversichtlich zu Werke gehen, ohne mir ein Wort davon zu sagen? Ich dächte doch, ich wäre die geringste Person bei diesem Handel nicht.

LISETTE. Und also lieben Sie wohl Leandern nicht mehr?

LAURA. Nein; und ich schäme mich, ihn jemals geliebt zu haben. Wenn deine Verführungen nicht gewesen wären, so würde ich nimmermehr einen Menschen meiner Achtung gewürdiget haben, der mit meinem Vater so offenbar im Zank und Streite lebt.

LISETTE *macht eine tiefe Verbeugung.* Sie erzeigen mir zu viel Ehre, mich mit Ihrem Herzen zu vermengen.

LAURA. Mein Herz muß keinen großen Anteil daran gehabt haben. Ein fliegender Geschmack; das war es aufs höchste alles. Sonst würde es mir, ohne Zweifel, saurer geworden sein, ihn zu vergessen. Eine einzige kleine Betrachtung hat mich von dieser ungeziemenden Liebe abgezogen.

LISETTE. So? eine Betrachtung? Darf man diese Betrachtung nicht wissen? Doch wohl nicht die Betrachtung des Herrn Lelio?

LAURA. Du bist eine Närrin.

LISETTE. Dieser Antwort versah ich mich. Aber wissen Sie das Sprüchelchen von Kindern und Narren?

LAURA. Leander ist ein Feind meines Vaters. Er hat mich zwar oft versichert, daß er es nicht sei, und daß er die Notwendigkeit gar nicht einsehen könnte, warum diejenigen, welche mit einander prozessieren, einander hassen müßten; man könne ja wohl sein Recht auch gegen einen Mann verfolgen, den man hochschätze und liebe. Allein, ich sehe nun wohl, diese Sprache ist die Sprache eines Arglistigen, welcher sich gern auf den Fuß setzen will, seinen Prozeß auch alsdenn nicht zu verlieren, wenn er ihn verliert; eines Eigennützigen, der das, was er durch eine Sentenz verloren hat, durch einen Ehekontrakt wieder zu gewinnen sucht. Da hast du meine Betrachtung! Ob mir aber Lelio zu dieser Betrachtung Gelegenheit gegeben hat, oder ob er sie nur bestärkt hat, das geht dich nichts an, und ist einzig und allein meine Sache.

LISETTE. Ich habe die Erfahrung gemacht, so oft wir Frauenzimmer unsere Aufführung mit Vernunft und Gründen verteidigen, so oft haben wir Unrecht. Gestehen Sie mir es also nur, daß Lelio die einzige Ursache Ihrer Veränderung ist. Nur seine Gesellschaft hat Sie diese Tage über so bestrickt, daß Sie weder Leanders Briefe lesen, noch ihm eine geheime Zusammenkunft verstatten wollen. Wie gern taten Sie sonst beides!

LAURA. Ich will von dir an keine Fehler erinnert sein, die ich, wie schon gesagt, ohne dich nicht würde begangen haben. Es reuet mich genug, so schwach gewesen zu sein.

LISETTE. Um noch schwächer zu sein, und sich einem jungen Flattergeist zu überlassen, den Sie erst seit acht Tagen kennen, und dessen Liebe Sie nur aus nichts bedeutenden Schmeicheleien schließen. Ich rate Ihnen, Mamsell, sehen Sie sich vor!

Zweiter Auftritt

Wumshäter. Die Vorigen.

WUMSHÄTER. Nun? Hast du dem armen Herrn Solbist die Augen ausgekratzt?

LISETTE. Wenn er nicht schon fort gewesen wäre, wer weiß was sie getan hätte.

WUMSHÄTER. O, ich will es wohl glauben, daß sie als eine wohlgeratene Tochter demjenigen alles Unglück anwünscht, der ihren rechtschaffenen Vater von zwei beschwerlichen Dingen auf einmal befreiet; von einem Weibsbilde und einem Prozesse. Aber du magst mir dieses Glück nun gönnen, oder nicht, so will ich es doch nicht länger entbehren. Du mußt Leanders Frau werden, oder meine Tochter zu sein aufhören.

LAURA. Dieses Oder ist hart! Gleichwohl nehme ich mir die Freiheit, Ihnen zu sagen, daß ich Ihren ersten Befehl vorziehe, und mit dem Bruder reisen will. Ich kann meinen Willen so geschwind nicht ändern, als Sie den Ihrigen. Oder hat man Sie etwa zu bereden gesucht, daß ich Leandern liebe?

WUMSHÄTER. Daran ist nicht gedacht worden; desto besser wenn du ihn nicht liebst! Mit der Liebe einer Weibsperson sind es zwar so bloße Narrenspossen, und lieben heißt bei euch nur weniger hassen. Ihr seid nicht im Stande jemanden zu lieben, als euch selbst.

LISETTE *fährt auf ihn los.* Nein, mein Herr, das ist zu toll! Ihre Jungfer Tochter hat zwar Unrecht, daß sie den Mann von Ihrer Hand nicht annehmen will, aber müssen Sie deswegen das ganze Geschlecht lästern?

WUMSHÄTER. Hu! Nun ist es Zeit, daß ich geh. Ich will lieber zwischen zwei Mühlräder, als zwischen zwei Weibsbilder kommen. Schweig, ich bitte dich, schweig! Sie kann sich allein genug verantworten.

Dritter Auftritt

Valer. Die Vorigen.

VALER. Eben jetzt, Herr Vater, ist die Schwester des Lelio angekommen. Sie ist bei einem Anverwandten, den sie hier hat, abgetreten, und hat sich bereits bei mir melden lassen. Ich erwarte sie alle Augenblicke. Sie sind es doch noch zufrieden, daß ich sie Ihnen vorstellen darf?

WUMSHÄTER. Einmal möchte ich sie wohl sehen, wenn es auch nur der vorgegebenen Ähnlichkeit wegen wäre. Aber mehr als einmal auch nicht. Bringe sie nur. Ich will es ihr selbst, so bescheiden als möglich, sagen, daß sie auf dich keine Rechnung machen soll.

LAURA. Wie, Bruder? So ist deine Hilaria hier, und du hast mir es auch nicht mit einem einzigen Worte vorhergesagt, daß sie kommen werde?

VALER. Du wirst es nicht übel nehmen, Schwester. Ich habe dir nichts Ungewisses sagen wollen. Du wirst dich aber über noch weit mehr, als über ihre bloße Ankunft, zu verwundern haben. Ihre erstaunliche Ähnlichkeit mit ihrem Bruder Wen seh ich? Himmel! Sie ist es selbst!

Vierter Auftritt

Lelio in ihrer wahren Gestalt als Hilaria. Die Vorigen.

VALER. Ach! schönste Hilaria, wie erfreut, wie glücklich machen Sie mich! Wie soll ich Ihnen genug dafür danken, daß Sie eine Familie zu besuchen würdigen, die auf eine nähere Verbindung mit Ihnen schon zum voraus stolz ist.

LELIO. Erlauben Sie, Valer, daß ich vor jetzt Ihre Schmeichelei unbeantwortet lasse, und vor allen Dingen demjenigen *Gegen Wumshätern.* meine Ehrerbietigkeit bezeuge, der es mir so gütig erlauben will, ihn als einen Vater zu lieben.

WUMSHÄTER. Es ist mir ange sehr unange nicht ganz unangenehm, Madmoisell, Sie kennen zu lernen; nur muß ich Ihnen gleich Anfangs sagen, daß Sie ein wenig zu geschwind gehen. Ich werde von zweien bereits Vater genennt

VALER. Und es ist sein einziger Wunsch, auch von Ihnen dafür erkannt zu werden.

WUMSHÄTER. Nein doch, mein Sohn.

VALER *indem er die Hilaria der Laura zuführt.* Lassen Sie sich, Hilaria, von einer Schwester umarmen, die ihre Freude nicht mehr mäßigen kann.

LELIO *indem sie sich umarmen.* Ich bin so frei, schönste Laura, um Ihre Freundschaft zu bitten.

LAURA. Ich bin beschämt, daß ich mir in dieser Bitte habe zuvor kommen lassen.

VALER. Nun, Herr Vater? Erstaunen Sie nicht über die Gleichheit, die Hilaria mit ihrem Bruder hat?

LAURA. Gewiß, man muß darüber erstaunen. Ich kann mich nicht satt sehen. Wo ist Herr Lelio? Warum können wir nicht das Vergnügen haben, ihn mit diesem Ebenbilde zu vergleichen?

WUMSHÄTER. Wenn Lelio nur da wäre; wenn er nur da wäre! Ich weiß nicht, wo ihr die Augen haben müßt, ihr Leute. Ich will zwar nicht sagen, Madmoisell, daß Sie gar nichts Ähnliches mit Ihrem Bruder haben sollten; allein, man muß wirklich genau darauf sehen, wenn man es bemerken will. Vors erste, ist Lelio wenigstens eine Hand breit größer; der hohen Absätze an Ihren Schuhen ungeachtet.

LELIO. Und doch haben wir uns hundertmal mit einander gemessen, und nicht den geringsten Unterschied wahrnehmen können.

WUMSHÄTER. Mein Augenmaß trügt nicht, ich kann mich darauf verlassen. Vors andere, ist Herr Lelio auch nicht völlig so stark; er ist besser gewachsen und schlanker, ob er gleich keine Schnierbrust trägt. Ich will Sie dadurch nicht beleidigen, Madmoisell; sondern Ihrem Bruder bloß Gerechtigkeit widerfahren lassen.

LAURA. Ich kann Ihrer Meinung nicht sein, Herr Vater. Es ist zwar wahr, man wird schwerlich an einer Mannsperson einen schönern Wuchs finden, als an dem Herrn Lelio; aber sehen Sie doch nur recht! Hilaria hat vollkommen eben denselben Wuchs, nur daß sie durch den Zwang der Kleidung eher schmächtiger, als stärker scheinet.

WUMSHÄTER. Und das Gesicht!

VALER. Nun? das Gesicht?

WUMSHÄTER. Ich will davon gar nicht reden. Lelio hat seine frische natürliche Farbe, aber auf Ihrem Gesichte, Madmoisell, liegt die Schminke ja Fingers dicke.

LELIO. Ich glaube zwar nicht, daß es etwas Unerlaubtes für ein Frauenzimmer sei, sich zu schminken; aber doch habe ich noch nie für gut befunden, meiner Bildung auf diese Art zu Hülfe zu kommen. Ich will dieses nicht zu meinem Lobe gesagt haben; denn vielleicht habe ich das, was andere aus Stolz tun, aus größerm Stolze unterlassen.

WUMSHÄTER. Ich versteh, ich versteh Die Augen, mein Sohn! Hast du noch nicht bemerkt, daß dieses graue Augen sind, und Lelio schwarze Augen hat?

VALER. Was sagen Sie? Sind dieses graue Augen?

WUMSHÄTER. Ja wohl graue Augen, und dabei sind sie eben so matt, als des Lelio Augen feurig sind.

LAURA. Je, Herr Vater

WUMSHÄTER. Je, Jungfer Tochter! Schweig Sie doch! Ich weiß so wohl, daß keine Krähe der andern die Augen aushacken wird. Du willst gewiß, daß sie deine gelben Augen auch einmal schwarz nennen soll. Macht ihr mich nur blind! Und diese Nase So eine kleine stumpfe Habichtsnase, hat Lelio nicht. Wollt ihr das auch leugnen?

VALER. Ich erstaune!

WUMSHÄTER. Über deine Verblendung mußt du erstaunen Auch der Mund ist noch einmal so groß, als ihn Lelio hat. Was für eine aufgeworfene Lippe! Was für ein spitziges Kinn! Die rechte Schulter ist eine Hand breit höher, als die linke! Mit einem Worte, mein Sohn, die vorgegebene Gleichheit war eine List, dem Vater seine Einwilligung abzulocken. Und freilich wäre sie ein großer Punkt wider mich gewesen, wenn sie sich gefunden hätte. Desto besser, daß sie sich nicht gefunden hat, und daß es nunmehr desto wahrscheinlicher bleibt, daß in einem Körper, der von dem Körper des Bruders so gar sehr unterschieden ist, auch eine ganz verschiedene Seele wohnen werde. Ihr Herr Bruder, Mademoisell, ist ein verständiger junger Mensch, der meine Ursachen, warum ich unmöglich zu der Verheiratung meines Sohnes Ja sagen kann, weiß und billiget. Er wird mich also bestens entschuldigen, daß ich mit Ihnen so wenig Umstände mache. Ich kann mich jetzt nicht länger aufhalten, sondern muß sorgen, daß ich mit Leandern je eher je lieber richtig werde. Du, Laura, halte dich gefaßt! Ich kann dir sie nunmehr nicht mitgeben, Valer; ich kann hier meinen Prozeß mit ihr gewinnen, und das geht vor.

LAURA. Laß dich nicht irre machen, Bruder, ich reise gewiß mit. Ihr Prozeß ist verloren, wenn Sie ihn durch mich gewinnen sollen.

WUMSHÄTER. Spare dein Widersprechen für deinen Mann. *Geht ab.*

Fünfter Auftritt

Lelio. Valer. Laura. Lisette.

LAURA. Wir müssen uns schämen, Bruder, daß ein so liebenswürdiger Gast von unserm Vater so übel aufgenommen worden. Du mußt übrigens der Liebe deiner Hilaria sehr gewiß sein, daß du ihre Geduld auf diese empfindliche Probe zu stellen, hast wagen dürfen.

LELIO. Sie haben eine sehr gütige Schwester, Valer. Ihre Höflichkeit würde mich verwirren, wenn ich nicht wüßte, in welcher Achtung mein Bruder bei ihr zu stehen das Glück habe. Er gefällt Ihnen, zärtliche Laura, und diese Eroberung war das erste, was er mir bei meiner Ankunft mit einer triumphierenden Miene erzählte. Er ist es auch in der Tat schon wert, daß ein Frauenzimmer um ihn seufzet. Aber nehmen Sie sich gleichwohl in Acht; er ist ein kleiner Verräter, und macht sich nicht das geringste Bedenken, eine Untreue zu begehen. Wenn Sie ihn nicht recht fest zu halten wissen, so wird er aus dem Garne sein, ehe Sie sich es versehen. Er ist ruhmredig dabei, und ich stehe Ihnen nicht dafür, daß er nicht hernach mit mehrern Gunstbezeugungen prahlen sollte, als er wirklich erhalten. Ich empfehle mich Ihnen, bis auf Wiedersehen. Kommen Sie, Valer.

Sechster Auftritt

Laura. Lisette.

LAURA. Was war das? Ich glaube Lelio und Hilaria müssen nicht klug sein. Woher weiß er es denn, daß ich ihn liebe? Und wenn er es auch wissen könnte, ist es nicht etwas sehr Nichtswürdiges, eine so nasenweise Schwester zur Vertrauten zu machen? Gut, mein Herrchen, gut, daß wir miteinander noch nicht so weit sind! Aber wie stehst du denn da, Lisette? Bist du versteinert? Rede doch!

LISETTE. Noch kann ich mich nicht recht besinnen, was ich gesehen und gehört habe. Lassen Sie mir ein klein wenig Zeit, daß ich mich von meinem Erstaunen erhole! Wer war das Frauenzimmer?

LAURA. Hilaria. Du hast sie die ganze Zeit über ja steif genug angesehen. Sähe sie dem Lelio nicht ähnlich genug, daß du noch daran zweifeln wolltest?

LISETTE. Sie sah ihm nur allzuähnlich; und so ähnlich, so vollkommen ähnlich, daß ich mich wundern muß, warum Sie nicht selbst auf einen Verdacht fallen

LAURA. Auf was für einen Verdacht?

LISETTE. Auf einen Verdacht, den ich mir nicht mehr ausreden lasse. Hilaria muß entweder Lelio, oder Lelio muß Hilaria sein.

LAURA. Wie meinst du das?

LISETTE. Sie werden wohl tun, wenn Sie auf Ihrer Hut sind, Mamsell. Ich will bald hinter das Geheimnis kommen. Bis dahin aber denken Sie ja fleißig an den Hund, der mit einem Stücke Fleisch durchs Wasser schwamm. Sie haben einen Liebhaber, der Ihnen gewiß ist; kehren Sie sich an den Schatten von einem andern nicht.

LAURA. Schweig mit deinen Kinderlehren! Lelio mag sein, wer er will, er hat es bei mir weg. Er soll es sehen; er soll es sehen, daß man ein Gesichtchen, wie das seine, leichter vergessen kann, als ein anders.

LISETTE. Recht so! Besonders wenn sich bei einem andern Realitäten finden, die bei dem seinen ganz gewiß mangeln. Denn je mehr ich nachdenke, je wahrscheinlicher wird es mir. Stille! da kömmt ja das andere Gesicht selbst! Zeigen Sie nunmehr, daß ein Stutzerchen, wie Lelio, uns nicht immer bei allen Zipfeln hat.

Siebenter Auftritt

Wumshäter. Leander. Die Vorigen.

WUMSHÄTER. Hier, Tochter, bringe ich dir den Mann, dem ich alle meine Rechte über dich abtrete. Es ist der Herr Leander.

LEANDER. Ich schmeichle mir, Mademoisell, daß Sie mich nicht völlig als einen Unbekannten betrachten werden.

LAURA. Ich hätte nicht geglaubt, daß die wenigmale, die wir an öffentlichen Orten einander zu sehen Gelegenheit gehabt, einen Mann, von der feinen Denkungsart des Herrn Leanders, so zuversichtlich machen könnten. Sie haben sich in einer Sache an meinen Vater gewandt, wegen der Sie, ohne Zweifel, mit mir selbst vorher hätten einig werden sollen.

WUMSHÄTER. Ei denkt doch! So hätte er wohl gar sein Wort eher bei dir, als bei mir anbringen sollen?

LISETTE *bei Seite.* Als wenn er es auch nicht getan hätte! Schon recht! Verstellen müssen wir uns.

WUMSHÄTER. Ich finde, daß du sehr unverschämt bist, und wenn ich dich nicht in Gegenwart deines Bräutigams schonen wollte, so würde ich dir jetzt eine recht derbe Lektion geben.

LEANDER. Es ist wahr, schönste Laura, daß meine Liebe viel zu ungeduldig gewesen ist, und daß Sie recht haben, sich über mich zu beschweren

WUMSHÄTER. Sie wollen sich doch wohl nicht entschuldigen?

LAURA. Und die Art, Herr Leander, mit der Solbist um mich angehalten hat

WUMSHÄTER. An der Art war nichts auszusetzen. Und kurz, ich will, daß du mir folgen sollst. Kann ich das nicht verlangen, mein Sohn?

Achter Auftritt

Valer. Die Vorigen.

VALER. Wenn ich es getroffen habe, wovon die Rede ist, so will ich für den Gehorsam meiner Schwester fast stehen.

LAURA. Du wagst sehr viel, Bruder. Weit eher könnte ich für deinen Ungehorsam stehen, und eine sichere Wette darauf eingehen, daß du mir gewisser eine Schwägerin geben wirst, als ich dir einen Schwager.

LEANDER. Ist es möglich, Madmoisell?

VALER. Lassen Sie sich nichts anfechten.

LEANDER. Aber ich höre

VALER. Sie hören das Gesperre einer Braut

WUMSHÄTER. Und ich höre weiblichen Unsinn. Schweig Mädel! Dein Bruder hat viel zu viel Verstand, als daß er noch an das Heiraten denken sollte.

VALER. Verzeihen sie, Herr Vater. Da ich nunmehr auch des versprochenen Beistandes meiner Schwester entbehren muß, so ist es um so viel nötiger, bei meinem einmal gefaßten Entschlüsse zu bleiben. Ich hoffe auch gewiß, daß Sie nicht länger dawider sein werden. Die ganze Stadt kennet Sie als einen Mann von Billigkeit. Was würde man aber sagen, wenn es auskäme, daß Sie eben dieselben Eigenschaften und Vollkommenheiten an der einen Person hochgeschätzt, und an der andern verkleinert hätten? Was würde man sagen, wenn man erführe, daß ein eingewurzelter Groll gegen ein Geschlecht, von welchem Sie beleidiget zu sein glauben, Sie etwas zu erkennen verhindert habe, was die ganze Welt erkennt? Eine so offenbare Gleichheit

WUMSHÄTER. Schweig doch nur von deiner schimärischen Gleichheit! Oder willst du mich nötigen, daß ich dich auch bei Herr Leandern lächerlich machen soll? Wahrhaftig ich werde es tun müssen. Gut, Herr Leander, Sie sollen Schiedsrichter zwischen uns sein. Geh, hole deine Hilaria her, aber bringe auch den Bruder mit. Wir wollen die Vergleichung anstellen, wie sichs gehört.

VALER. Ich bin es zufrieden, Herr Vater. Lisette, springe geschwind auf die Stube des Herrn Lelio. Du wirst sie beide beisammen antreffen. Bitte sie, sich hieher zu bemühen. *Lisette geht ab.*

WUMSHÄTER. Sie werden sehen, Herr Leander, daß ich Recht habe.

LEANDER *sachte zu Valeren.* Möchte Ihre List doch eben so glücklich ausfallen, als die meinige ausgefallen ist!

VALER *sachte zu Leandern.* Ich hoffe es, liebster Freund, und danke Ihnen.

WUMSHÄTER *der Leandern und Valeren zusammen reden sieht.* Ja, das gilt nicht; bereden müßt ihr euch nicht vorher zusammen. Ich hoffe, Herr Leander, daß die erste Probe Ihrer Aufrichtigkeit, die ich von Ihnen verlange

LEANDER. Befürchten Sie nichts. Ich werde mich von der Wahrheit nicht entfernen, wenn es auf meinen Ausspruch ankommen sollte. Ich hoffe aber, daß es nicht darauf ankommen wird.

WUMSHÄTER. Wie so? Wissen Sie denn schon, was unser Streit ist? Die Schwester soll vollkommen so aussehen, wie der Bruder, und weil ich den Bruder leiden kann, so verlangt er, daß ich auch die Schwester müsse leiden können.

VALER. Kann ich es nicht mit Recht verlangen?

WUMSHÄTER. Die Gleichheit voraus gesetzt, könntest du es freilich mit einigem Rechte verlangen. Aber eben über diese Gleichheit streiten wir noch.

VALER. Wir werden nicht lange mehr darüber streiten; und ich bin versichert, Sie werden sie endlich selbst einräumen müssen.

WUMSHÄTER. Ich werde sie gewiß nicht einräumen. Wenn ich sie aber einräume, so wird es ein sicherer Beweis sein, daß ich Sinne und Verstand verloren habe, und du daher nicht verbunden bist, mir im geringsten zu gehorchen.

VALER. Merken Sie dieses, Herr Leander; daß ich nicht verbunden bin, ihm im geringsten zu gehorchen, im Falle er die Gleichheit selbst zugestehen muß.

WUMSHÄTER. Merken Sie es nur! Nun, was ist das für ein Aufzug?

Neunter Auftritt

Lelio oder Hilaria. Lisette. Wumshäter. Valer. Laura. Leander.

LELIO *in einer halb männlichen und halb weiblichen Kleidung, welche von dem Geschmacke der Schauspielerin abhängen wird.* Mein Herr, Sie haben den Lelio und die Hilaria beide zugleich zu sehen verlangt.

WUMSHÄTER. Nun? Ich weiß nicht, was mir ahndet.

LELIO. Hier sind sie beide.

WUMSHÄTER. Was?

LISETTE. Ja, mein Herr, hier sind sie beide; und Sie waren gefangen.

WUMSHÄTER. Was, ich gefangen?

LISETTE *sachte zur Laura.* Hatte ich nicht Recht? Mamsell? Sie stutzen?

WUMSHÄTER. Ich gefangen? Wie soll ich das verstehn?

LELIO. Sie werden die Gütigkeit haben, und es so verstehen, daß eben dieselbe Person nicht eine Hand breit größer sein kann, als sie wirklich ist.

WUMSHÄTER. Nun?

LELIO. Daß eben dieselben Augen nicht zugleich grau und schwarz sein können.

WUMSHÄTER. Nun?

LELIO. Daß eben dieselbe Nase

VALER. Kurz, liebster Vater, *Indem er ihm zu Fuße fällt.* verzeihen Sie meiner unschuldigen List. Lelio ist Hilaria, und Hilaria hatte die Liebe, mir nur deswegen in Mannskleidern hieher zu folgen, damit sie Gelegenheit haben könnte, die Gewogenheit eines Mannes zu erlangen, von welchem sie es wußte, wie unerbittlich er gegen ihr Geschlecht sei.

WUMSHÄTER. Steh auf, mein Sohn, steh auf, und mache der Possen einmal ein Ende. Ich sehe nun wohl, wie es ist. Deine Hilaria ist gar nicht da, und der leichtfertige Lelio hat mit seinem Jungfergesichtchen ihre Rolle gespielt. Pfui, Lelio *Indem er auf ihn los geht.* Nein, nein, so leicht hintergeht man mich nicht. Legen Sie immer diesen zweiten Habit wieder ab, mein Guter *Indem er sie auf die Achsel klopfen will.* Himmel, was seh ich? O weh, meine arme Augen! Wo geraten die hin. Es ist ein Weibsbild! Es ist wirklich ein Weibsbild! Und das listigste, das verschlagenste, das gefährlichste vielleicht von allen, die in der Welt sind. Ich bin betrogen! Ich bin verraten! Mein Sohn, mein Sohn, wie hast du das tun können!

VALER. Lassen Sie mich nochmals zu Ihren Füßen um Vergebung bitten.

WUMSHÄTER. Was hilft dir meine Vergebung, wenn du meinem Rate nicht mehr folgen kannst? freilich vergeb ich dir, aber

LELIO. Auch ich bitte auf das demütigste um Verzeihung

WUMSHÄTER. Gehn Sie nur, gehn Sie nur. Ich vergeb auch Ihnen weil ich muß!

VALER. Nicht, weil Sie müssen, Herr Vater! Lassen Sie uns diese schmerzliche Worte nicht hören. Vergeben Sie uns, weil Sie uns lieben.

WUMSHÄTER. Nun ja doch, weil ich dich liebe.

LELIO. Und mich bald lieben werden, wie ich gewiß hoffe.

WUMSHÄTER. Sie hoffen zu viel. Daß ich Sie nicht hasse, das wird alles sein, was ich tun kann. Ich sehe wohl, der Mensch soll verliebt, er soll närrisch sein. Was kann ich wider das Schicksal? Sei es, mein Sohn, nur auch. Sei närrisch! durch unsere Narrheit werden wir am sichersten klug. Zieh in Frieden; es ist mir lieb, daß ich wenigstens kein Augenzeuge von deiner Torheit sein darf. Mache nur, daß mir meine Tochter nicht länger widerspenstig ist

LAURA. Sorgen Sie nicht, Herr Vater, ich will Ihnen nicht einen zweiten Verdruß machen. Ich gebe Herr Leandern meine Hand, und würde sie ihm gegeben haben, wenn Lelio auch nicht Hilaria wäre. *Gegen die Hilaria.* Dieses Ihnen zur Nachricht, wegen der triumphierenden Miene!

LELIO. Sind Sie ungehalten gegen mich, liebste Laura? *Zu Leandern.* Wie haben Sie es ewig angefangen, mein Herr, daß Sie ein solches Felsenherz zur Liebe haben bewegen können? Wenn Sie wüßten, was für Angriffe ich auf dasselbe in meiner Verkleidung gewagt, und wie standhaft es gleichwohl

LAURA. Stille Hilaria, oder ich werde noch ungehalten. *Zu Leandern, welcher der Hilaria antworten will.* Antworten Sie ihr nicht, Leander, ich verspreche Ihnen, daß Sie nie einen gefährlichem Nebenbuhler haben sollen, als Lelio war.

LEANDER. Wie glücklich bin ich!

VALER. Und wie glücklich bin auch ich!

WUMSHÄTER. Über Jahr und Tag, hoff ich, sollt ihr anders exklamieren!

LISETTE. Freilich anders; besonders wenn mehr Stimmen dazu kommen *Gegen die Zuschauer.* Lachen Sie doch, meine Herren, diese Komödie schließt sich wie ein Hochzeitkarmen!

Ende des Misogyn.